Flávia Souza Lima

des jeito s

ALGUMA POESIA

"escreva um poema pra mim
com jeito de voz falando"

Simone Guimarães
[in "Carta à amiga poeta", com música de Francis Hime]

sumário

PREFÁCIO

A quebra no silêncio de uma grande poeta

Era agosto de 1989 quando Flávia Souza Lima Pereira (apresentando-se então com nome completo) trouxe à luz parte de sua produção literária, publicada em *Sobre-viver*. Flávia era uma poeta estreante, mas em nada pueril. Ali, ela já mostrava que a poesia era mais do que uma vocação; um caminho a ser trilhado. Aquele livro trazia já uma artista disposta a correr os riscos impostos pela poesia – e pela literatura como um todo.

De 1989 aos dias de hoje passaram-se 32 anos. A poeta passou todos esses anos sem publicar. Ela manteve-se calada, mas não em silêncio. Durante esse tempo, não deixou de escrever, certamente oscilando entre períodos mais ou menos prolíficos. O importante é que continuou a escrever, exercitando as musculaturas do olhar e da dicção poéticas, permitindo-se flertar com diferentes estilos e formas de escrita ou de narrativa.

A poeta sobre-viveu. E aprumou-se. Aprimorou-se. E é assim que ela se mostra nesse *Desjeitos*, seu segundo livro. Se no livro de estreia ela reuniu um punhado representativo da poesia de então, misturando-a com algumas (poucas) crônicas, na coletânea de agora encontramos o que ela especifica, na folha de rosto, como "alguma poesia". E esse "alguma" abarca (muita) poesia e alguns (poucos) textos em prosa poética – todos excelentes.

Flávia Souza Lima preenche um pré-requisito que considero fundamental a quem se dispõe a servir à poesia: o da precisão. E essa precisão está presente em cada um dos textos que compõem este *Desjeitos*, tanto nos poemas de amor (ou que tratam da falta dele) quanto nos motivados pelas transformações provocadas pela pandemia da Covid-19. Um exemplo disso é quando ela relê Adriana Calcanhotto de forma tocante:

> A tela é
> agora
> (única)
> paisagem
> (e tábua de salvação).
>
> (do poema "Eu não ando pelo mundo")

Adriana Calcanhotto é apenas uma das muitas referências trazidas pela poeta. No âmbito da música popular, ela atreve-se, por exemplo, a dizer que Caymmi se enganou ("Tarrafa"), além de acenar para Joubert de Carvalho ("Nem A-Hí") e dialogar triplamente com Caetano Veloso. Uma dessas conversas dá-se num quarto de hotel. Se no do compositor baiano, ele tem ódio a (Alexander) Graham Bell, o inventor do telefone, no de Flávia, ela escancara o vazio instaurado pela falta do outro:

e não
havia você
e não
amanheci.

Se mais acima falei em precisão, essa característica é ainda mais evidenciada quando aliada a outra, esta certamente uma herança dos poetas surgidos nos anos 1970: a de um discurso sucinto, lacônico até. Essa influência fica explícita quando evoca nomes como o de Adélia Prado ("Adélia") ou quando dá pistas de referências como a de Ana Cristina Cesar ("escrevo-te/a teus pés") ou, entrando na década seguinte, a de Ledusha Spinardi ("Hoje é tédio/e não Toddy").

Outra influência que quero ressaltar é a daquele que é, até hoje, um farol para todos os poetas brasileiros, desde os surgidos nos anos 1960 aos da atualidade, grupo no qual estou inserido: Carlos Drummond de Andrade. Se no célebre poema, o mineiro perguntava se fora a vida ou o automóvel que parara, Flávia pega carona com o mestre e mostra que, assim como ele, não é a poeta de um mundo caduco quando se indaga:

O GPS do desejo
desatinou
ou eu?

Flávia Souza Lima nos diz que "cozinha a poesia que sobrou de ontem". Até pode ser. O fato é que o resultado nada tem de frugal. O que (para ela) é sobra, é na verdade um generoso banquete, desses onde nós, seus leitores e comensais, regalamo-nos com entrada, primeiro e segundo pratos, sobremesa e, de lambuja, queijos franceses, desses provados por ela em "Nice" (tanto na cidade quanto no poema).

Da mesma forma que Chico Buarque persegue a palavra prima, "Uma palavra só, a crua palavra/Que quer dizer tudo", Flávia Souza Lima sabe bem que "Toda coisa/que não fala/fala alguma coisa". E no caso dela, esse "alguma coisa" é muita coisa – para nossa alegria.

O leitor há de encontrar aqui uma poesia altamente provocativa, no sentido de instigar (e até mesmo debochar) sendo, ao mesmo tempo, terna e acolhedora, no sentido de ser um chão que ampara quando tudo em volta desmorona.

E quero mais é permanecer sobre esse chão depois que todo esse terremoto passar.

Christovam de Chevalier
junho 2021

APRESENTAÇÃO

Sobre os nadas que nos são tudo

Flávia Souza Lima comete poesia com este livro-ato pandêmico supostamente desajeitado. Supostamente porque é a poeta que, especialista no colocar-se em dúvida, o afirma desde o título e o reafirma até o epílogo. Desajeitado porque parece que não há mesmo jeito a dar a *tudo* que está fora de alcance – grande metáfora para a própria vida em tempos de "infinitena", palavra-cria da autora. Este livro é uma reflexão larga, alta e profunda, assombrosamente sempre em poucas (por vezes, pouquíssimas) palavras sobre os nadas que nos são tudo. A viagem para tantos lugares desejados – sejam eles geográficos ou o nome de alguém ou o próprio ser-se – cai "feito viaduto" a cada verso, perante nossos olhos perplexos de visão. "Não poder se lançar de si é a pior loucura" – então, a poeta nos lança poesia acima enquanto caímos com ela no chão das nossas próprias des-ilusões. Arrebatadoramente visual ("a calçada/a feira/a flor") e docemente irônica ("caso permaneçam os sintomas:/ chame um médico/ou/dirija-se ao vão central da Ponte Rio-Niterói"), a poesia de Flávia Souza Lima vai da "persistente pane elétrica" ao encontro ainda possível na mesóclise do poema com a proeza de, apesar de tudo (ou melhor, de *nada*), nos arrancar sorrisos com a mesma velocidade com que gentilmente nos paralisa. No fim, entendemos que estes *desjeitos* são o único *jeito* de seguir: perdidos mesmo entre quatro paredes, clandestinos da própria vida, urgentes resignados. Um livro para os fortes.

calí boreaz
julho 2021

Boas-vindas

Uma pessoa que ama e respeita as palavras sabe o cuidado que elas merecem ter. Flávia cuida e se dedica, mesmo nas mais prosaicas trocas, a escolhê-las bem.

E o curioso é que para seu livro de reestreia traz nossas miserinhas cotidianas, nosso cancioneiro, nossa brincadeira do dia a dia e joga nos versos. Fica divertido ver a descontração, o humor, a ironia, o despudor dialogando com a profundidade.

Foi delicioso ler seu livro. Foi me sentar, abrir e só largar ao final com uma sensação de ouvi-la enquanto virava as páginas. É gostoso ler uma geração, um grande leque aberto de referências e citações comuns a uma turma da qual fazemos parte. Pertencimento é bom.

E porque chegou hoje aqui em casa, presente da amiga e autora, o novo livro de Ana Martins Marques, pego emprestado um trechinho: "porque você conheceu meus livros antes de me conhecer/você nunca vai me conhecer". Rio sozinha pensando que sorte a nossa ter impresso um pouco do que é Flávia Souza Lima, essa mulher delicada e forte que escolhe tão bem as palavras e que agora, de novo, faz versos com elas.

Bem-vinda, poeta.

Patricia Palumbo
julho 2021

pandêmicas

"Havemos de ir ao futuro e, quando lá chegarmos, hão de estar todos juntos numa festa à nossa espera, mesmo os amigos que perdemos no caminho.
(...)
Havemos de ir ao futuro e, no futuro, estará finalmente tudo como dantes."

Filipa Leal

NADA NÃO

Toda coisa
que não fala,
fala alguma coisa.
Qualquer coisa
que se sinta
– mesmo nada –
não é nada
– e fala alguma coisa.
Todo nada
que não fala,
fala alguma coisa.
E não é nada.

INFINITENA

PAN_
        DEGREDO
        DESOVA
        DESASTRE
        DESCRENÇA
        DEMORA
        DESORDEM
        DESNORTE
        DEMUNDO

P
 A
  N
   D
    E
     M
      O
       R
        T
         E

—

PANDESTINO

As horas mortas
e as pessoas idem
não caem em cinzas
mas feito viadutos.

IMPROVISO

Qualquer coisa
que se cometa
em emergência,
mesmo um poema,
faz-se, sem pensar
em torniquete,
milagre
ou S.O.S.
O gesto apenas socorre
qualquer um
que o cometa.
Um poema cometa.

—

ALERTA DE INSEGURANÇA

Dizem as tevês
e os jornais
e os computadores
e os celulares:
fique em casa.
Mas não dizem
qual o truque
pra despistar o medo
e pousar na tua.

FORA DE ALCANCE

A calçada
a feira
a flor.
O bar
o cinema
o Arpoador.
A livraria
a professora
a maçã do amor.
O amigo
o gesto
o beijo libertador.

—

EU NÃO ANDO PELO MUNDO

A tela é
agora
janela.
Senha
passe
pin
código
login
palavra-chave
e todas mais
que se guardasse
secretamente.

A tela é
agora
(única)
paisagem
(e tábua de salvação).

Porta-bandeira
da solidão.

—

OUTONO

nunca vi tanta lágrima
cair como folha
chegou o inverno
e há muito
a se varrer
e chorar.

—

Neste lugar quebrado
em que me deito
sem estrelas
ou outras regalias
como beijos ardentes,
Dry Martinis,
ondas do mar,
obras-primas
ou restos de sonhos,
cruzo palavras,
sentimentos,
cidades, países, planetas.
Só o que não cruzo
é a linha de chegada.
Ou o teu nome.

Ao longe,
bem longe mesmo,
está o Morro Dois Irmãos,
deslumbrante,
que não vejo
a hora dessa noite.

Gostava dele iluminado
e da vida acesa.

Menos longe,
não tão perto,
está a música clássica
de alguém cultivado
que ouço forte
nessa altura do campeonato.

Já mais próximo,
um latido incansável,
um choro de criança,
um ruído de motocicleta
e outros sons
que não me tocam.

Cá
com meus botões
ouço ecos
e a estética
(nada bonita)
do confinamento.

Palavras
são naves espaciais
mas
não poder
se lançar de si
é a pior loucura.

—

ATLAS GEOGRÁFICO

Não estou em Paris.
Nem em Siracusa,
embora quisesse
muito mais carimbos
em meu passaporte.
Para viajar no presente,
sem ácido
ou fila de embarque,
só teu corpo
como vale-transporte.

—

HIPÓTESES

Talvez eu acorde
diante
do azul de Ipanema
ou das Maldivas
ou do teu vestido.

Talvez eu acorde
na praia de Navagio
onde só falam grego
ou em outros mares
que jamais sonhei.

Em todos os casos
eu estaria perdida.

"Meu coquetel molotov é sem gelo"
Christovam de Chevalier

Hoje é tédio
e não Toddy.
Talvez tequila
mais tarde.
A barra do mundo
serve caos on the rocks
numa nada happy hour.
Suporte, baby.
E de canudinho,
chupe Cazuza
pro dia nascer feliz.

—

ÊXODO

há quem carregue
por desertos e períodos
inimagináveis
um piano nas costas
sem jamais
nem de longe
avistar Canaã
merecer um recital
ou beijo de namorada

agarrado à imensa pedra
no sobe-desce-sobe montanha
Sísifo ao menos
se deu conta
de sua eterna
absurda condenação

há quem nunca

sentimen
talidades

"Todos os poemas são de amor."

Ana Martins Marques

daqui
mãos atadas
escrevo-te
a teus pés

ainda agora
te vi enfeitar tudo
dentro da minha cabeça

fosse uma página,
chamar-te-ia
iluminura

mas não és

—

ITINERÁRIO

baldeamo-nos
entre
palavras rasgadas
emoções perfumadas
canções esburacadas

quem sabe
encontrar-nos-emos
no metrô
na fila do cinema
no calçadão do Onze

ou
na mesóclise
dum futuro poema
de amor perdido
perdido de amor

LÁBIA

a palavra,
se penetra mesmo
nas pedras,
diz que
a língua
atinge
superfícies inanimadas

como é que
o teu peito
não ouve?

—

PARA DOR DE COTOVELO

recomenda-se:

lenço de papel
(limite-se a uma caixa)
ombro amigo
(não abuse)
álcool forte
(a gosto)

caso permaneçam os sintomas:

chame um médico
ou
dirija-se ao vão central
da Ponte Rio-Niterói

MEUS BOTÕES

e se eu
fosse
mais fotogênica
cantasse
a bola da vez
aparecesse
no teu feed
meio confusa
desabotoasse
os botões da tua blusa
ainda assim
tranquilamente
seríamos
travesseiros mudos
e amantes
que dão
em nadas
soltos pelo chão

—

TARRAFA

saco plástico
garrafa pet
galão de óleo
algas marinhas
alguns peixinhos
teu coração   nada

[Dorival se enganou redondamente]

não era só jogar a rede e puxar?

—

ARRITMIA

um coração
em persistente
pane elétrica
pisca-pisca
até sem pilha
—

ELETROCARDIODRAMA

está muito acelerado!,
subiu de escada?,
disparou o jovem doutor
durante a auscultação.

eu: não...

ele: então é paixão.

—

DECLARAÇÃO DE BENS

Essas conchas
tirei-as da gaveta
sob a cama
onde guardo
areias coloridas
olhares desérticos
oceanos
e secretas certidões de amor

SEGURO DE VIDA

na ausência de
rede de proteção
ou
cinto de segurança
qualquer alternativa
costuma ser fatal:
derrapagem capotagem colisão queda livre

sequência também conhecida como:
acidente de percurso
destino
ou
amor não correspondido

VITRINE EM DESMONTAGEM

Vestidos
Alianças
Fotografias
Teu nome

FAVOR NÃO TOCAR

—

TRILHA

O recorte de litoral
que liga
a sua casa e a minha
oferece curvas
azuis verdes ondas
de pensamentos
e brancas espumas
que se deitam,
resignadas,
sobre a fria superfície
da praia noturna
ou que explodem,
raivosas,
contra os rochedos
(e o sorriso)
mais impenetráveis
e ensolarados
do Atlântico Sul

DESENHO

Oxalá não fosse
essa ideia tropical de amar
uma arquitetura rara tal
qual a beleza dos cobogós
forjada pelo
paralisado olhar
sob exata luz peneirada
projetada sobre a poltrona
onde lês

—

PREAMAR

Nos meus sonhos
tudo está resolvido
todos estão bem
ninguém morre asfixiado
nem o amor na praia

—

CORAÇÃO SINFÔNICO

[fortississimo]

Um desconcerto
afinado como o quê

—

HIPÓDROMO

Um corcel
indomável
sempre
em disparada
chamado Coração

—

COEUR BRISÉ

É um falso amigo
não significa
coração de brisa
mas
partido

—

O AMOR NÃO É:

Hollywood
algodão doce
sonho de valsa
zona de conforto
jogo de xadrez
borboleta no estômago
delícia cremosa
laço de fita
champanhe no gelo
sexo do bom
happy end
happy and
a salvação da lavoura
o que disseram
o que pensávamos

—

ASTROLÁBIO

mar aberto
procuro
na abóbada celeste
a boca daquela estrela

(sou ruim de conta
porém)

calculo
que ela esteja
mais distante em
mar fechado

d'après Ana Cristina Cesar

CIÚMES

Tenho ciúmes desta taça que você segura
Tão distraidamente.

—

COFRE

O lugar onde deixamos
as chaves
de portas antigas
em segredo

—

SUPERFÍCIE

Se eu me derreto
como um barco de papel
à mercê
das ondas do tempo
sucumbo ao destino
ou
evolo-me?

Navegar nunca
foi preciso
ou viver.

MATIZES

este ano
antes do previsto dois meses
caíram sobre Oslo
os primeiros flocos de neve
sinais do clima
em claras nitidezes

também este ano
distintas estupidezes
prejudicaram
o avistamento de baleias
a sobrevivência de árvores
o engate deste amor

ano que vem
vestida de avidezes
é certo que te oferto
miudezas e luzes

alguns talvezes
eu só
e minhas timidezes

(tomara)

CUIDE-SE BEM (PRENEZ SOIN DE VOUS)

foi o que ouvi
(aliás, li)
terminado o amor com
a insuportável leveza
a empáfia cínica
a vaidade perversa
dos que batem a porta
na cara de alguém

já diziam nossos avós:
não adianta chorar pelo leite derramado
(eu chorei muito mesmo assim)

como se fosse simples
passar uma flanela
sobre o fato consumado

ser Sophie Calle
por um tempo
teve seu preço

pelo sim, pelo não,
eu me cuidei

—

para começo de conversa
eu nem desconfio
como você corta
as suas unhas dos pés
se com o mesmo descuido
com que as pessoas da sua vida
ou se de outro

—

LEMINSKI NÃO DISSE:

Uma mulher com uma dor
é muito mais elegante.

[Sofrer não vai ser minha última obra.]

—

"Gostava de saber porque te amo nesta forma estranha de te não ter amado nunca."
Vergílio Ferreira

NA IMPOSSIBILIDADE DE TE AMAR (I)

varro os cacos
pra debaixo
do peito

—

NA IMPOSSIBILIDADE DE TE AMAR (II)

só
imagino

—

SAUDADE

situação mais sem prumo
que uma clavícula quebrada

—

FEUX INTERDITS

Letras vermelhas
sobre fundo branco
a placa logo avisava
proibido fogueira
na orla
de Villefranche-sur-Mer

Lábios rosados
sobre fundo azul
a boca logo intimava
permitido fogo
na beira
do Mar Mediterrâneo

—

ESTIVE CONVERSANDO COM O MAR

ouvi
que me tornasse
submarina
pois
todas as respostas
se afogam
no mar de dentro

FECHADOS PARA BALANÇO

quatro pernas
dois coqueiros
uma rede
o mar

—

SUSPENSE

o que se captura
pela teia de um nome
– o teu –
jamais se deslinda

o que se investiga
pela teia de um olhar
– o teu –
porventura se desvenda?

MONTURO

a paisagem
do nosso amor
irreciclável

—

NEM A-HÍ

eu fiz tudo pra você gostar de mim

(e se se morre de amor?)

THE NEW YORKER

Deu na revista
que não há verdade
naquela velha crença
que Deus ajuda
quem cedo madruga
] ufa [
quem faz
samba e amor
até mais tarde
quem faz
das tardes manhãs
sabe melhor que eu
que nem sei o que faço

—

DELTA

tua voz
foz
(real, imaginária?)
alaga
tudo
dentro de mim

—

"the boniteza is the new felicidade"
calí boreaz

OU TANGO OU BOLERO OU FADO

sinto informar
mas estou siderada
forjando
encontros perfeitos
sem disfarces
com fotografias
brindando
desavergonhadas
debruçadas nos lilases
dos amanheceres

sinto informar
mas estou desnorteada
espumando
raivas perfeitas
espatifando
poemas imperfeitos

contra a parede
esconjurando
essa outra mulher
e seus saberes

sou capaz mesmo
de roer
o cotovelo
o pé da mesa
o orgulho

sou capaz mesmo
de tomar
um avião
um porre
um impulso

e depois, nada

sinto
muito

STARTUP

Existe um aplicativo que meça os nós do ciclone
que varre o peito?

—

QUARTO DE HOTEL

amanheci
e não

havia manhã

e não
amanheceu
e não

havia você

e não
amanheci

—

espelhadas porém rompidas
por alguma membrana
camada de gelo espesso
ou mistério indecifrável
nossas palavras se encostam
sem se fundir

como no dicionário

talvez como lábios
que pousam
não na boca
– desejo nada discreto –
mas no canto do lábio
e arremetem

como a realidade

—

PIROPO

imagine que eu
pouco furtivamente
lançasse a palavra
exata na sua
cara

imagine que você
meio distraidamente
tropeçasse na cantada
e caísse na minha
vida

como quem cai
em si

—

CUPIDO

um livro chamado Flecha
atravessou o Atlântico
nas mãos de um portador
que sorriu ao dizer
ao destinário
o nome do remetente

– talvez especificamente
para espetar-lhe
o coração de manteiga –

indiferente aos
sete mil, setecentos e dez
quilômetros de oceano
e de correntes
que os apartam

—

MANU

amo uma moça
que os amigos
chamam Manu
e eu também

amo um poeta
que os amigos
chamam Manu
e eu não

amo uma fotografia
de meu bisavô
também Manu
mas nunca o chamei

será Manu
nome próprio de amor?

sobre a obra de Juliana Notari

DIVA (ÉTOILE MANQUANTE)

De uma constelação
de nomes
justo esse
era o que faltava

como se nascesse do alto
derramado o vermelho
introduzido, esparramado
sobre a diagonal verdejante
da pequena colina
abandonada
em Pernambuco

bucolismo contemporâneo:
uma imensa flor
transtornada

[em:
reentrâncias
relevos
percursos]

[em:
fenda
fissura]

[em:
boceta]

diva
uma vez percebida
imensa e implácavel
aberta e plena e convidativa e penetrável
rendeu uma bíblia
de rechaços
de indignações
e nojo (?)

diante da estatística
do colossal feminicício
nunca vi manifesto

de repulsa
mas
diante da escavação
da vulva gigante
há erupção
estratosférica
e jorro
colérico
—

APOGEU

Embora fundamental,
calcular o traçado
da onda imaginária
que a nave especial percorrerá
até romper a barreira do som,
soa menos impressionante
do que ouvir o silêncio absoluto
quando lá se estiver

roçar as galáxias virgens ou
outros espaços nunca dantes penetrados
agora é possível
para bilionários britânicos
viajar na barriga prateada do foguete
fazer turismo espacial
flutuar na imensidade
por entre as estrelas e os sonhos
literalmente

e pela inatingível janelinha
do astronauta rico

fantasiado como nos filmes
de ficção científica
perceber pequenino
o planeta
(redondo)
muito mais lindo
(e destruído)
que nas tais fotografias

—

CRONOGRAMA

São três horas da tarde no Rio de Janeiro
você toma café da manhã
e envia mensagem pelo telefone
enquanto
em Lisboa
alguns jantam
em Paris
é noite
e algum lugar do planeta
prepara o amanhecer.

Ontem choveu
um dilúvio
e nem isso
salvou
o Pantanal
a Amazônia
a Cinemateca
o sentimento
de incêndios criminosos.

Neste país desgraçado e belo
onde queimam
florestas, pessoas, esperanças,
ardo
e
cinzo.

—

POSTA-RESTANTE

faz muito tempo
alguém me disse
você deveria,
ao menos um dia,
receber uma carta de amor
escrita por si própria,
para provar minha teoria
de que a sua cantada
é pura poesia

sabendo que
não se deve depositar
sofisticações açucaradas
em qualquer *bonbonnière*,
foi um elogio
(parece)

bombons sei que continuo
desejando palavras
de amor também

mas
ainda escrevemos cartas
ou existe amor?

—

"que verso me traria você de onde for?"
Adriana Calcanhotto

UM SONHO

você numa janela
do lado de lá da rua

atravesso

sem saber
do lado de cá da rua

que você me perguntaria
em que cidade
moraríamos

acordo

e me dou conta
que você não mora naquela casa
nem eu

o GPS do desejo
desatinou
ou eu?

—

"We've changed, honey boo,
mas os climogramas permanecem."
Matilde Campilho

INVERNO

e eu me embrulho
em tudo o que lembro de você

inferno

—

NA CARA

nariz empinado
olhar furtivo
bochechas rosadas
mão no queixo
orelha em pé
água na boca

uma combinação
de lamber os beiços

eu os seus
você os meus

—

VOX POPULI

Saí a perguntar
aos amigos
se gostavam de namorar
como antigamente

isto é, se nos dias de hoje
ainda caem bem
poema flor carta música
e outras belezas
caídas do céu

todos disseram que sim
– foram apenas 11
de um total de 117 –

engraçado, pensei
que fosse eu
a última

romântica
me dá um beijo,
então

(falta eu acordar)

você nada disse
Deus também não

—

CARPINTARIA

Manuel, sábio e poeta,
(in)quieto conquistador
a ponto de fabricar
o verbo teadorar
só para beijar Teodora.

Pura erupção.

Dá licença, meu patrão,
pra eu usar sua bandeira
e conjugar teadorar
com um nome diferente
– intransitiva e demoradamente.

Puta exaustão.

—

a menina gosta
dessas comidas vaidosas,
disse baixinho Isabel
mastigando as palavras
no meio do sorriso tímido,
ao saber que na noite da véspera
eu me pusera a fatiar
grandes chapéus de shitake
para servir
com molho especial, abacaxi
e outros agrados

a menina confessa
ter sentido muita vergonha
pelo preço da iguaria
e pela ousadia
diante da melhor cozinheira
das minas gerais
do país
do mundo
que tem nome de princesa
mas não tem para si
um prato de cogumelos

para encurtar a história
gemi
ficou horrível
e virei o disco

—

para Christovam de Chevalier

FALOU AMIZADE

É tempo de morte
mas de morte não
falo porque dele falo.
Com ele falo de vida
falo de fala
e até de falo falo.
Falo até o talo
e com ele
também calo.

[*Tacet*]

[*Vivace*]

Toda vez ele me:
beija a boca
traz vinho
e a esperança de óculos.

Meu irmão meu céu meu chão
minha beira minha eira
meu espelho meu retrato.
Manobrista de palavras
malabarista de sentimentos
&
navegador
adivinhador
sequestrador
orquestrador
&
etecétera.

Ele ainda não me levou à praia
(ao mar, sempre)
ao Circo, já.
Às madrugadas fomos demais
nunca o bastante
e à Ipanema do Felice nem conto.
De minha parte
não deixo que
qualquer bala perdida o encontre.
Nem em caso de hipoglicemia.

—

para Adélia Prado, com timidez e reverência

ADÉLIA

Não sei se é Adélia
Quem sugere paredes cor de laranja
Para estampar na casa um permanente amanhecer.

Não sei se é bom
Iniciar um poema
Já negando alguma coisa,
Ou sugerindo dúvida.

Mas sim: é Adélia.
O anjo esbelto
Com um bule azul descascado no bico
E cabeleira muito branca
Onde volta e meia sereno.

Tenho lembrado muito dela
Por gostar de esquecer
A cafeteira acesa
Tardes inteiras
Perfumando de manhã a casa.
Isso é praticamente anoitecer
Amanhecendo.

Não sei se devo
Alaranjar as paredes
Ou trazer logo Adélia para um café.

para Maria da Glória Costa de Souza Lima,
minha avó

DORIVAL

O passo baiano
na altura da linha de arrebentação
de uma praia tranquila
na costa do Atlântico Sul
parecia até veloz
quando percebido
pela menina
com 10 anos de pernas
que entre um jacaré
e um picolé
vigiava o veraneio
do velho compositor
de pele curtida,
calção de banho preto
cabeça branca
lambida de vento
e de música

Ainda naquela estação,
certo fim de tarde
dividiram
o canto da praia
e as ondas verdes do mar
para avistar
tartarugas marinhas
– diante delas sorriram
admirados
e sós

Nunca mais mergulhei
naquele pôr do sol
em Rio das Ostras
mas no mar de Caymmi
sigo a me afogar

para Armelle Étienne, em memória

NICE

Nice mesmo
(e não *naice*)

Foi onde descobri
que a melhor
sobremesa
era o queijo
e não o chocolate

Foi onde achei
que o melhor
beijo
era o roubado
e não o calculado

Nice mesmo
(agora sim, *naice*)
essa paisagem de amor
inexplicavelmente
flutuante e suspensa
para além do triângulo azul
(clichê, porém verdadeiro)
céu – mar – olhar

Nice mesmo
numa *naice*
sobremesas
queijos
chocolates
beijos
azuis
nunca mais
nunca mais
nunca mais
nunca mais
nunca mais

BUENA-DICHA

não foi sonho:
diante do mar
a cigana
leu o meu destino

amparou-me as mãos
olhou firme seus traços
e riu
mais alto que baixo

deixou evidentes os dentes
dourados ao soprar
bobagens de amor
promessas de boa fortuna

levou alguns trocados
(os anéis
não deixei que levasse)

desde então
cumpro a sina
canto o fado
enquanto te espero
acordar

onde andarás?

quanto aos amantes:

prólogo – cratera delirante
(tendência)

logos – magma harmônico
(tentativa)

epílogo – cinza vulcânica
(tempestade)

—

"o sol só vem de vez em quando"
Jorge Salomão

PSEUDO LOVE

as palavras que você
nem leu nem ouviu
enfeitei-as
boba e
inutilmente

um tropeço no meio da linha

tudo incerto
exceto uma coisa:
aquele grande amor
mal chegou e
já foi pras picas

—

FESTA PRIVADA

um bolo na garganta
fazendo aniversário

—

TELHADO

O meu não é de vidro.

Mas quebro.

—

gaveta

"e já que não há amor
também já não há mais dor"

Arnaldo Antunes

"restei o que sobreviveu"
Adriana Calcanhotto

No dia em que comemorávamos
o dia dos teus anos
tudo estava vivo.

A casa desde amanhecida
sentia as flores
e os carinhos.

Tudo estava iluminado
e o teu peito era a sala
de estarmos.

No dia em que eu comemorava
o dia dos teus anos
bebíamos champanhe
e em nenhuma taça havia trinca.

—

E se eu publicasse
um manifesto
bem no dia do seu aniversário?

Saberiam o destinatário?
Imaginariam que
há quem roube tanto
tempo, amor, ocasião?

Escreveria – quem sabe:
uma frase manchada?
uma palavra doída? uma rima?
embrulhadas pra presente.

Ou talvez preferisse
uma desatenção,
uma chamada perdida (melhor uma bala?),
um beco sem saída,
o talho permanente,
esse poema por acidente.

—

CAFÉ PASSADO

Acordei coberta de vontades.
De frente para a pia, despejei
tudo o que ontem coube dentro do bule.
Restava apenas a borra
escura
e fria
seca
e endurecida.
Só ela não sabia:
nada mais ela seria.
Nem adubo
nem sujeira espalhada
nem nada.
Sequer seria lembrança
de amor coado
e ralo
pelo ralo.

TIRO AO ALVO

De um lado as suas palavras
atingindo em cheio
o meu coração.
Não são balas de festim
nem caramelos.
Do outro,
equilibro,
por um fio,
o telefone
e a vida desencapada.

—

resiste bravamente esse amor
qual lombada de caderno de poeta:
folha arrancada
palavra despedaçada
emoção desperdiçada,
tudo no plural,
cheio de rima abestada

sou do tempo do amor doído
da vida em farelo
do coração tuberculoso
e cheio de mágoa

sou do tempo da vida sem rascunho
e da tela rabiscada
ser mais bela
que a valsa ensaiada

hoje, meu coração pacificado
emoldurado no teu
é letra de samba
estancado no tempo
entre o lento amanhecer
e a felicidade absoluta

Estrondo
você fincando estacas
no meu coração

Sombra
você colocando meu coração
debaixo do seu

Nocaute
você fazendo meu coração
beijar a lona

—

Moro num lugar entre.

Debruço na janela
e a banda não passa.
Abro a porta
e o amor não vem.

Olhava fundo cada passo
Dizia fundo cada palavra
Beijava fundo cada boca.

Como se não existisse o momento de amar em
um lugar entre a vergonha e a espera.

—

Lenta. Assim era a manhã. E a tarde. E lento era o dia inteiro. Lento e silencioso como seria, se houvesse, um abraço de jaboti.

—

Existe dentro do peito uma reentrância desavisada, funda e pantanosa, de final desconhecido e inatingível. É lá que a saudade se aloja. Esse lugar de profundeza tal, capaz de conter uma vida inteira em avalanche eterna. Faça dela o que se quiser, saudade não se subtrai. Nem se iguala em profundeza às outras dores menores. E jamais se aplaina.

O calor da tarde estufa e racha no peito uma distância de via aérea. Prenuncia a seca impercorrível de alguém. Olho para o copo meio cheio e quero mergulhar nele a minha distância. Fecho a persiana dos olhos para não ver, por nenhuma fresta, o amor que não chega. E nem virá depois.

—

gravetos ao relento
guardam a friagem da noite
também meu peito
é gaveta de umidade.

CEPA

Faz mal não, filha
costuma dizer meu pai
quando vê minha tristeza
escorrer pela casa.

Faz de novo, filha
teria dito ele
sólido,
molhando os pés
na onda inesperada
que demoliu meu castelo.

—

MESA PARA DOIS

cozinho
a poesia que sobrou de ontem
é pouco mas dá pra dois
aperto com força os dedos
vendo se escorre mais
– mais não há
de molhado e envolvente
só os anéis de cebola
que também faltam na receita
e sobram nos olhos
o que sirvo,
amor,
é coração requentado
sobre a sua toalha
manchada do meu vinho

NOVES FORA

Respirei fundo.
Preparei o gesto milimetricamente.
Puf.
Estilhacei o blindex do seu coração.

Estamos quites.

—

CANTEIROS

Moro longe das líricas
dos lírios, dos copos de leite
transbordantes de amor.

Moro no incompleto
numa construção sem calçada,
sem rastro pra vida.

Moro longe das delícias
das cerejeiras em flor
e da contradição das rosas vermelhas.

—

CANÇÃO DA LUA

I

Mão do tempo a latejar
distância entre nós
a memória aflita em vão
seguia seu viver
Um outono de saudade
varria o coração
Na enseada desse peito
que deságua em ti

II

Se eu coasse o sentimento
meu amor inflava um mar
e teus braços-continentes
me viriam costear
Cai a noite, dorme o dia
com a mão, o Redentor
roça a lua embriagada
desse amor

—

POUSO E DECOLAGEM

(coisa para se conversar com o vento)

bem antes do previsto chegou o avião
terá sido a força do ar – ou a do pensamento?
sinal de Mercúrio em retrogradação?
não pude estar lá à sua espera
– doce saguão, eterno atravessamento

é início de primavera
floriu ainda pouco, calor quase não há
deitado sobre seu braço um casaco de
meia-estação
escondia os dedos da sua mão esquerda
você sorriu, a vida pausou

tímido e capturado, o olhar
rodou um filme comprido, sem corte
sem final, feliz

a casa não estava pronta
(quisera eu também estar)

havia certa poeira
livros esparramados
flores na sala não havia

em compensação
cachoeiras de palavras
sutis elegias
e outros disfarces
isso, escorria

rolou aquele brinde que faltava
o beijo ainda faltou
(que tal?)

a lembrança que tudo encobria
(acendia?)
esticou a tarde até o outro dia
(hoje)
e entendi que me sorria até a louça deixada na pia

(visitas deixam mesmo a gente em frangalhos,
Virginia)

penso no aeroporto e

neste insensato (porém destemido) bilhete de
                    secreta ficção
– que quase tudo omitira –

para lhe dizer que
faça boa viagem ou que
eu
não posso mais ficar aqui a esperar que um dia,
                    de repente,
você

—

impostora

"Depois esconda tudo num poema
e fique descansado: ninguém lê."

Gilberto Mendonça Telles

NATURALIDADE

Divinópolis
Jequié
Juiz de Fora
Itabira
Lisboa
Porto Alegre
Recife
Rio de Janeiro
São Luiz
Salvador
Santo Amaro da Purificação

terras férteis para a palavra
não constam em minha
certidão de nascimento

estranho seria se eu lavrasse
aptidão para a poesia

—

GRIFO

Um abutre africano
chamado grifo-de-Rüppell
seria o maior poeta do mundo
fossem palavras restos
e tivesse ele fome;
ainda que 11.278 metros
distanciem uma coisa e outra,
é certa a captura
e demorado o regozijo.

Imagino que todo poeta
gostava de ser esse abutre.

—

FATIOTA

Perdi a conta
das palavras esnobes
costuradas em
títulos de livros,
capas de poetas,
prosas de efeito,
retóricas ensaiadas,
gente fingida.

Desnecessárias,
démodés,
desconfortáveis,
metidas em scarpins,
ostentam trilhar caminhos
que não levarão a Roma,
pobre delas.

Pensando bem,
pobre das minhas também,
que nem esnobes são,
que nem sapatos têm.

CARLOS,

Também não quero ser
o poeta de um mundo caduco
onde tudo quando não
é muco
é lero-lero.

Não tenho licença poética
– pratico a atividade
de forma clandestina
e franciscana.

Faltam rimas
e palavras valiosas
que os outros esbanjam
em cachos.

Mas ofereço (e colho)
o enlevo dos que desejam
juntar as mãos
e apanhar o peixe.

—

TIMING

A respeito de relógio,
dizia meu avô:
aquele que atrasa
não adianta.

A respeito de poema,
digo eu
a mesma coisa.

—

OLIMPÍADAS

Atiçada
pelo desejo de
capturar aquela palavra
em pleno voo

contraditoriamente
planto no papel
meus afobados lápis

já a ginasta
espalha no ar
suas melhores piruetas

inflamada
pelo desejo de
alforriar aquele movimento
de seu corpo

ambas supomos
não sucumbir sob
a imponderável pá de cal
da realidade

PERFORMANCE

um poeta
de alto desempenho deve
ser hábil com o sarrafo
ser forte, veloz, flexível
poder alçar voo com as mãos
lançar-se, sem amarras
riscar o ar até
pousar novamente
num colchão que não é seu

(onde se lê sarrafo
leia-se: verbo)

uma poeta
de baixa estatura sabe
ser frágil, vagarosa, rija
ser aquela que parte
não em disparada
mas num disparate
apaixonada pelo verso
sabendo-se biscate

oferecendo o salto
como pequena glória ou
nítido desastre

(onde se lê biscate
leia-se: devota)

—

M_AR (INFINDA VIAGEM)

"Você me dá Adriana"
soprou justo agora
o meu amigo
sem explicações e
óbvios porquês
para a sentença
pro que palavra não há

Ela (lá)
dobra da onda
encarnado clarão

Eu (aqui)
sala inundada
pra nada

Tenho que te falar
(ela não perguntou)
cá no mundo das luas
Adriana
é quem me dá

Adriana
e uma trama
de amendoeiras pelas ruas
para este poema sem função

—

AMÁLGAMA

ideias arruinadas
escombros
fracassos
derretimentos
e cinzas de caderno

—

EPÍLOGO

esses ajuntamentos
– mero palavrório
farta bobajada –
não passam de truques
ou nem isso

Uma não-antologia a duas mãos esquerdas

> "Escrever um poema
> é como apanhar um peixe
> com as mãos"
>
> **Adília Lopes**

Talvez a mais clara e viscosa metalinguagem sobre o nascimento do poema seja a ideia de que o verbo – o início de tudo, desde sempre –, tal como um peixe, é escorregadio. Às vezes, o peixe é um tubarão. Às vezes, um peixe voador. Outras, nem peixe é.

Aqui estão, portanto, alguns despeixes. Uma desfantasia vestida por palavras tão simples que, diriam, farrapos em desfile.

Essa escrita franciscana, a escrita de pés descalços, a escrita da mão esquerda, ingênua, não verteu sequer um poema melhor.

Então não haverá espanto. Mas, saiba, talvez haja poesia na intenção que lambe cada página. Nenhum pequeno milagre desses que a beleza impactante opera através dos versos esteve prestes a ocorrer.

Mas é possível encontrar pequenas alegrias que não evaporaram na antessala do pensamento. A quase ideia que não (se) partiu.

Mais do que com duas canhotas, escrevo com as duas mãos quebradas. Sem nenhum navio sobre o mar. E bem distante de Cecilia.

Uma certeza: daqui não espere nada. O que, convenhamos, já é alguma coisa.

Apenas sugiro: não se desligue o motor da luz.

Flávia Souza Lima
junho 2021

Famous last words

Essa reunião de poemas pequenos não existiria se Adriana Maciel, Lia Motta e Raïssa de Góes, incríveis pessoas-artistas e generosas mestras das tantas escritas, tivessem desistido das minhas palavras.

Minha turma de gente querida, ilha de alegria, encontro e beleza, atenta e forte durante os tantos atravessamentos que nos cruzaram nesse disruptivo período pandêmico e distópico: Adriana Costa, Ana Luiza Nunes, Anderson Rosa, Carmen Lucia Riquelme, Catarina Marques, Dailza Ribeiro, Denise Crispum, Fabiana Comparato, Gilda Santiago, Giuliana Heberle, Maria Clara Contrucci, Monalisa Marques, Ney Valle, Roberta Panza, Valeria Campos.

Pela preciosa canção "Carta à amiga poeta", meu Grammy particular, que me honra ao infinito: Simone Guimarães e Francis Hime.

Pela palavra, pelo som e pela intraduzível, imensa e inesperada emoção da parceria: Joyce Moreno.

Pela acolhida poética no presente cotidiano: calí boreaz, Catarina Marques, Christovam de Chevalier, Gilda Santiago, Luciana Salles, Monique Kessous, Nana (Adriana Pontes), Patricia Palumbo, Paulo Sabino.

Pelas mãos estendidas: Numa Editora e Dupla Design.
Pelas risadas e suprassumo: Fernanda Mello.
Por toda a vida: minha família.

Obrigada imenso.

Desjeitos para os ouvidos:
http://bit.ly/desjeitossonoros
http://bit.ly/desjeitosplaylist

O poema "Nada não" (pág. 19) foi musicado por Joyce Moreno;
"Canção da lua" (pág. 136), por Simone Guimarães

Para Adriana Calcanhotto

EDIÇÃO
Adriana Maciel

PRODUÇÃO EDITORIAL
Marina Mendes

PROJETO GRÁFICO
Dupla Design

Dados Internacionais de Catalogação na Publicação (CIP)
(Câmara Brasileira do Livro, SP, Brasil)

Lima, Flávia Souza
Desjeitos / Flávia Souza Lima. --
Rio de Janeiro, RJ : Numa Editora, 2021.

ISBN 978-65-87249-47-6

1. Poesia brasileira I. Título.

21-87641 CDD-B869.1

Índices para catálogo sistemático:
1. Poesia : Literatura brasileira B869.1

Eliete Marques da Silva - Bibliotecária - CRB-8/9380

EDITORA

contato@numaeditora.com
@numaeditora
numaeditora.com

Este livro foi composto na fonte Igual e impresso em papel
Pólen Bold 90g, na Gráfica Forma Certa.